CB139879

# PREFÁCIO

O FUTEBOL É O ESPORTE MAIS POPULAR DO MUNDO, ESPECIALMENTE ENTRE AS CRIANÇAS. JOGAR É FÁCIL. É UM ESPORTE COLETIVO, CUJO OBJETIVO É FAZER O GOL RESPEITANDO AS REGRAS QUE IMPÕEM LIMITES.

E ASSIM É O PROCESSO EDUCATIVO. ESTABELECER LIMITES É EXPLICAR E ENSINAR AS REGRAS PARA QUE HAJA BOM DESEMPENHO COM DISCIPLINA E RESPEITO À AUTORIDADE.

SE TODA CRIANÇA FOR EDUCADA DESSA FORMA PODE SE TORNAR UM JOGADOR, UM ATLETA. E ATÉ MAIS DO QUE ISSO: UM CIDADÃO.

**"A REGRA É CLARA"** QUANDO NÓS EDUCADORES CONSEGUIMOS, DE FORMA DIDÁTICA E LÚDICA, PASSAR ESSES ENSINAMENTOS AOS PEQUENOS. ESSE É O OBJETIVO DA FERNANDA COLOMBO, EX-ÁRBITRA DA CBF, QUE SE PREOCUPOU COM SERIEDADE EM PASSAR SEUS CONHECIMENTOS ÀS CRIANÇAS.

**PARABÉNS PELA SUA INICIATIVA!**

ARNALDO CEZAR COELHO

**Dados Internacionais de Catalogação na Publicação (CIP) de acordo com ISBD**

C718v Colombo, Fernanda

Vamos jogar futebol / Fernanda Colombo ; ilustrado por Fernanda Montoni. - Barueri, SP : Ciranda Cultural, 2018.
32 p. : il. ; 20,5cm x 27,5cm.

ISBN: 978-85-380-8620-8

1. Literatura infantil. 2. Rimas. 3. Esportes. 4. Futebol. I. Montoni, Fernanda. II. Título.

CDD 028.5
2018-524 CDU 82-93

**Elaborado por Vagner Rodolfo da Silva - CRB-8/9410**

**Índice para catálogo sistemático:**
1. Literatura infantil 028.5
2. Literatura infantil 82-93

© 2018 Ciranda Cultural Editora e Distribuidora Ltda.
Texto © 2018 Fernanda Colombo
Ilustrações: Fernanda Montoni
Produção: Ciranda Cultural

1ª Edição
www.cirandacultural.com.br
Todos os direitos reservados. Nenhuma parte desta publicação pode ser reproduzida, arquivada em sistema de busca ou transmitida por qualquer meio, seja ele eletrônico, fotocópia, gravação ou outros, sem prévia autorização do detentor dos direitos, e não pode circular encadernada ou encapada de maneira distinta daquela em que foi publicada, ou sem que as mesmas condições sejam impostas aos compradores subsequentes.

# VAMOS JOGAR FUTEBOL

Ciranda Cultural

# O CAMP

PARA A BOLA ROLAR NO CAMPO DE JOGO,
TUDO TEM QUE ESTAR PREPARADO.
AS LINHAS PINTADAS, AS TRAVES FIXADAS
E O CAMPO MEDIDO E MARCADO.

A GRAMA PODE SER NATURAL OU ARTIFICIAL,
MAS VERDINHA ELA TEM QUE SER.
BRANCAS SÃO AS TRAVES E AS LINHAS,
PARA QUE TODOS POSSAM VER.

# DE JOGO

O CAMPO TEM A FORMA DE UM RETÂNGULO,
COM UMA LINHA QUE O DIVIDE AO MEIO.
CADA LADO TEM UMA ÁREA E UM GOL,
E NAS PONTAS, BANDEIRINHAS DE ESCANTEIO.

# A BOLA

A GRANDE ESTRELA DO JOGO
É REDONDA COMO O SOL.
DE COURO OU MATERIAL SINTÉTICO
É A BOLA DE FUTEBOL.

ELA PERCORRE O CAMPO TODO.
DENTRO DELA TEM MUITO AR.
CASO ESVAZIE OU FURE,
SÓ O ÁRBITRO PODE TROCAR.

# Os

PARA COMANDAR O TIME EM CAMPO,
CADA EQUIPE TEM UM CAPITÃO,
QUE USA UMA FAIXA NO BRAÇO,
MAS COM O ÁRBITRO NÃO PODE RECLAMAR, NÃO!

# JOGADORES

SE DURANTE A PARTIDA,
UM JOGADOR SE MACHUCA OU FICA CANSADO,
SUA EQUIPE TEM TRÊS SUBSTITUIÇÕES
E ELE PODERÁ SER TROCADO.

DUAS EQUIPES SE ENFRENTAM NO JOGO.
SÃO ONZE JOGADORES DE CADA LADO.
SE UM TIME TIVER MENOS DE SETE ATLETAS
O JOGO TEM QUE SER CANCELADO.

# OS EQUIPAM

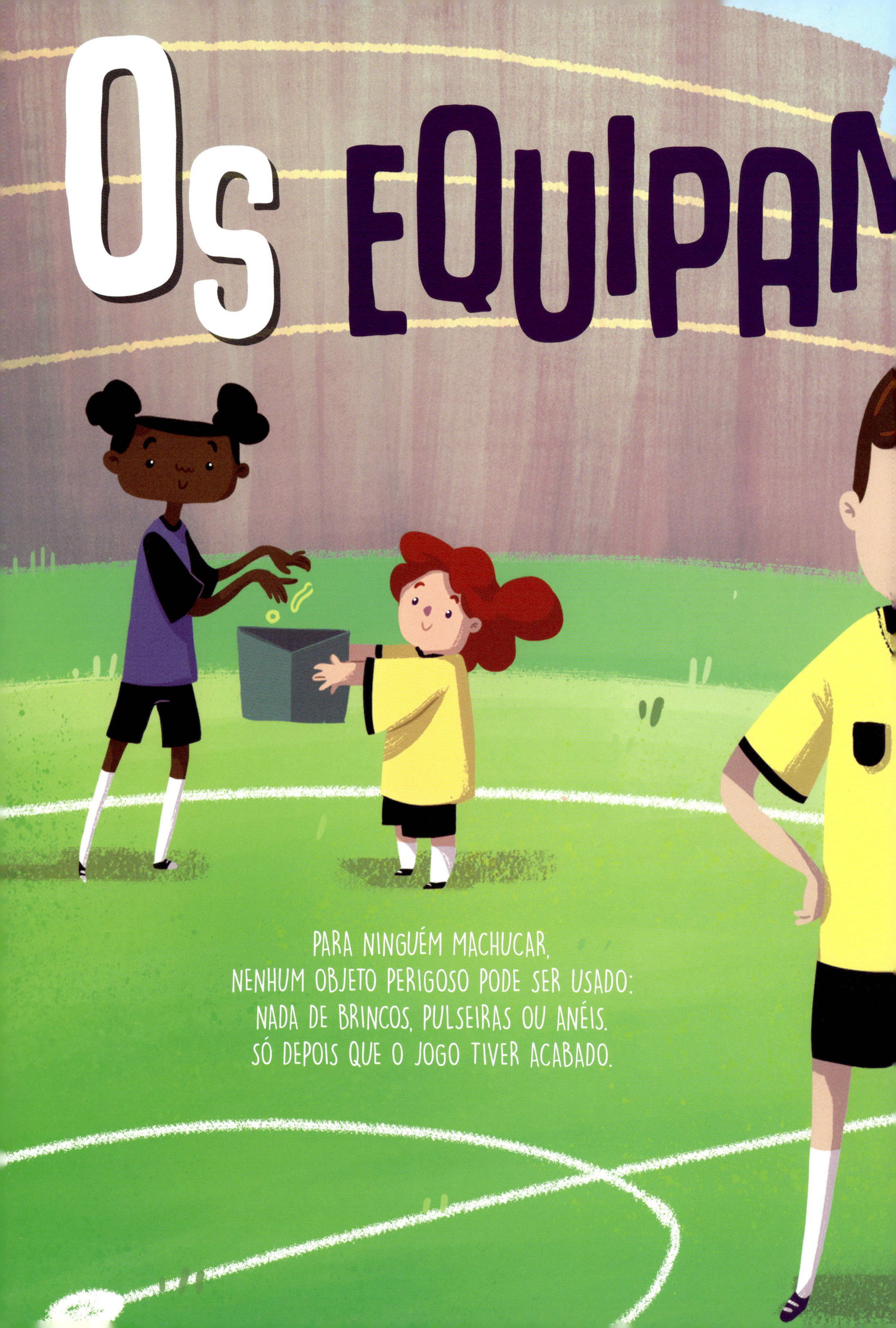

PARA NINGUÉM MACHUCAR,
NENHUM OBJETO PERIGOSO PODE SER USADO:
NADA DE BRINCOS, PULSEIRAS OU ANÉIS.
SÓ DEPOIS QUE O JOGO TIVER ACABADO.

# ENTOS DOS JOGADORES

O UNIFORME COMPLETO DO JOGADOR É:
CALÇÃO, CAMISA, CANELEIRA, MEIÃO E CALÇADO.
SE PRECISAR TROCAR ALGUM ITEM
O JOGADOR TEM QUE SAIR DO GRAMADO.

# O ÁRBITRO

O ÁRBITRO É QUEM FAZ CUMPRIR AS REGRAS.
PARA ISSO USA O APITO E O CARTÃO.
FICA SEMPRE ATENTO AOS LANCES
PARA TOMAR A MELHOR DECISÃO.

ELE É QUEM CONTROLA O JOGO.
MARCA TUDO O QUE ACONTECE:
FICA DE OLHO NO TEMPO.
E DÁ CARTÃO PARA QUEM DESOBEDECE.

# Os ASSIST

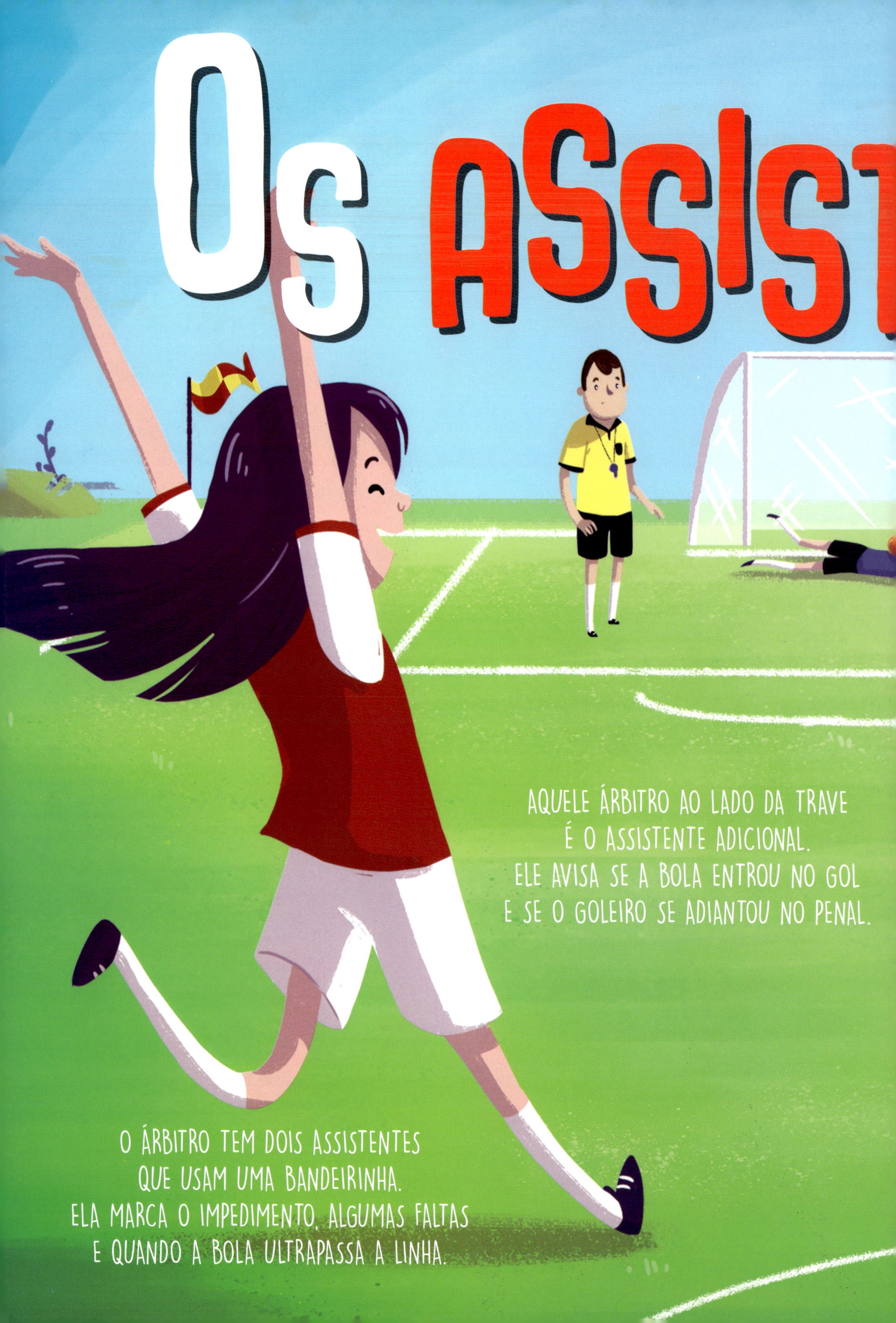

AQUELE ÁRBITRO AO LADO DA TRAVE
É O ASSISTENTE ADICIONAL.
ELE AVISA SE A BOLA ENTROU NO GOL
E SE O GOLEIRO SE ADIANTOU NO PENAL.

O ÁRBITRO TEM DOIS ASSISTENTES
QUE USAM UMA BANDEIRINHA.
ELA MARCA O IMPEDIMENTO, ALGUMAS FALTAS
E QUANDO A BOLA ULTRAPASSA A LINHA.

## ENTES DO ÁRBITRO

EXISTE AINDA UM QUARTO ÁRBITRO
QUE FICA DO LADO DE FORA DO CAMPO PARA AJUDAR.
É QUEM CONTROLA O BANCO E AS SUBSTITUIÇÕES,
E APITA SE O ÁRBITRO SE MACHUCAR.

TEM TAMBÉM O ASSISTENTE DE VÍDEO
QUE PODE VER AS IMAGENS DA TV PARA REVISAR.
ELE APONTA OS ERROS QUE TODO MUNDO VÊ
E QUE O ÁRBITRO DEIXOU DE MARCAR.

# A DURAÇÃO D

O ÁRBITRO ACOMPANHA PELO RELÓGIO
OS 90 MINUTOS QUE O JOGO VAI DURAR.
SÃO DOIS TEMPOS DE 45 MINUTOS,
COM UM INTERVALO DE 15 PARA DESCANSAR.

# A PARTIDA

O RELÓGIO PODE TRABALHAR MAIS
SE O JOGO FICAR MUITO PARADO;
O ÁRBITRO É QUEM DECIDE
QUANTO TEMPO SERÁ RECUPERADO.

# O INÍCIO DO JOGO

QUANDO O ÁRBITRO PARA O JOGO,
MAS NENHUM JOGADOR COMETEU INFRAÇÃO,
ELE REINICIA A PARTIDA
COM A BOLA AO CHÃO.

ANTES DO INÍCIO DA PARTIDA,
O ÁRBITRO LANÇA UMA MOEDA E FAZ O SORTEIO:
QUEM GANHA ESCOLHE O CAMPO,
QUEM PERDE COMEÇA COM A BOLA NO MEIO.

# A BOLA EM JOGO

A BOLA ESTÁ EM JOGO QUANDO
ESTÁ DENTRO DO CAMPO OU EM CIMA DA LINHA,
REBATE NA TRAVE, NO TRAVESSÃO OU NOS ÁRBITROS
E TAMBÉM QUANDO VAI LÁ PRO CANTO E BATE NA BANDEIRINHA.

A BOLA ESTÁ FORA DE JOGO QUANDO
SAI DO CAMPO, PELA TERRA OU PELO AR.
E TAMBÉM ESTÁ FORA DO JOGO
QUANDO O ÁRBITRO APITA E FAZ O JOGO PARAR.

# E FORA DE JOGO

# FALTAS

O ÁRBITRO APITA
AS FALTAS DURANTE A PARTIDA
QUE SÃO FEITAS PELOS JOGADORES
QUANDO UMA REGRA É DESOBEDECIDA.

SE O JOGADOR FOR MUITO AGRESSIVO,
BATER, XINGAR OU CUSPIR,
RECEBERÁ CARTÃO VERMELHO DIRETO,
E DO CAMPO ELE TERÁ QUE SAIR.

O CARTÃO AMARELO É UMA ADVERTÊNCIA
PARA QUE O JOGADOR NÃO REPITA A INFRAÇÃO.
SE ELE RECEBER O SEGUNDO AMARELO,
VERMELHO SERÁ O PRÓXIMO CARTÃO.

O FUTEBOL É UM ESPORTE DE CONTATO,
MAS NÃO É DE LUTA, NÃO.
NADA DE BATER OU EMPURRAR O ADVERSÁRIO;
A MENOS QUE QUEIRA UM CARTÃO.

ESSA REGRA É COMPLICADA,
EXIGE MUITA CONCENTRAÇÃO:
O ATACANTE NÃO PODE ESTAR NA BANHEIRA
MAS NÃO É A DO BANHEIRO, NÃO.

# IMPEDIMENTO

O JOGADOR ESTÁ NA BANHEIRA QUANDO FICA ADIANTADO,
À FRENTE DA LINHA DA BOLA E DA DEFESA.
SE PARTICIPA DA JOGADA QUANDO A BOLA VEM DE UM COMPANHEIRO
É IMPEDIMENTO COM CERTEZA!

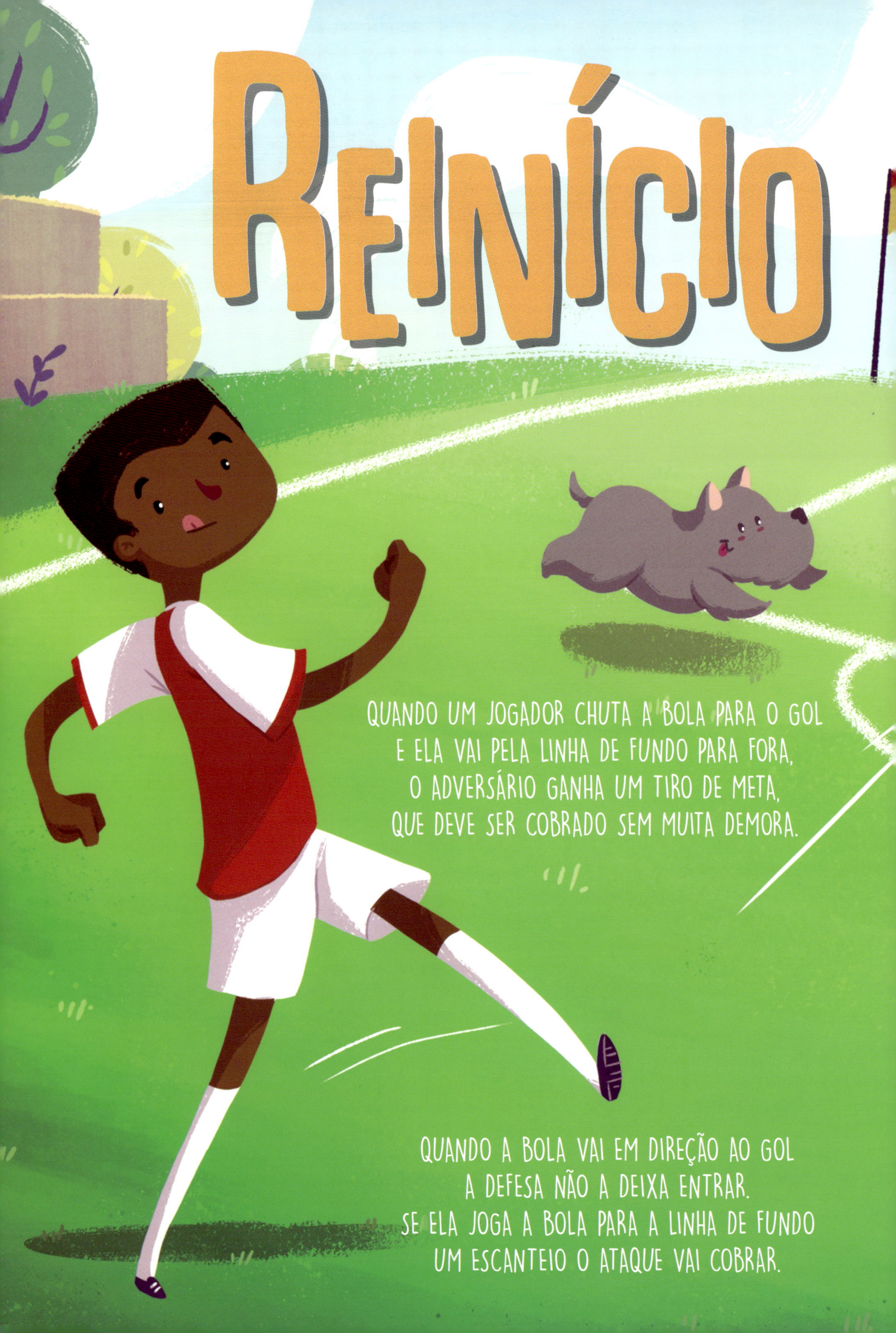

# REINÍCIO

QUANDO UM JOGADOR CHUTA A BOLA PARA O GOL
E ELA VAI PELA LINHA DE FUNDO PARA FORA,
O ADVERSÁRIO GANHA UM TIRO DE META,
QUE DEVE SER COBRADO SEM MUITA DEMORA.

QUANDO A BOLA VAI EM DIREÇÃO AO GOL
A DEFESA NÃO A DEIXA ENTRAR.
SE ELA JOGA A BOLA PARA A LINHA DE FUNDO
UM ESCANTEIO O ATAQUE VAI COBRAR.

QUANDO UM TIME DEIXA A BOLA SAIR
PELO LADO DO CAMPO, UM ARREMESSO LATERAL O OUTRO TIME VAI GANHAR.
O ARREMESSO É FEITO COM AS DUAS MÃOS.
PARA A BOLA NO JOGO ENTRAR.

"CAIU NA ÁREA É PÊNALTI!"
SE FOR FALTA, O ÁRBITRO MARCA E AUTORIZA A COBRANÇA.
MAS O JOGADOR, NA HORA DE CHUTAR A BOLA,
NÃO PODE FAZER PARADINHA, FIRULA NEM DANÇA.

# QUEM VENCE

QUANDO A BOLA ULTRAPASSA A LINHA DO GOL, ENTRE AS TRAVES E POR BAIXO DO TRAVESSÃO, CASO NÃO TENHA ACONTECIDO NADA DE ERRADO, É GOL, COMEÇA A COMEMORAÇÃO.

# A PARTIDA

É MUITO FÁCIL SABER QUEM GANHOU O JOGO:
VENCE O TIME QUE MAIS GOLS MARCAR.
CASO OS TIMES MARQUEM IGUAL OU NENHUM GOL,
EMPATADO O JOGO VAI ACABAR.

O FUTEBOL É UM ESPORTE COLETIVO,
TODOS PODEM PARTICIPAR:
CRIANÇAS, HOMENS, MULHERES, NÃO IMPORTA A IDADE,
CHAME A TURMA E DEIXE A BOLA ROLAR!

AGORA, O JOGO VAI COMEÇAR!
PRESTE BASTANTE ATENÇÃO:
COMO JÁ APRENDEU AS REGRAS DIREITINHO,
É HORA DE TORCER, APITAR E JOGAR COM EMOÇÃO!

O OBJETIVO DESTE LIVRO É INCENTIVAR AS CRIANÇAS, DURANTE O PROCESSO DE ALFABETIZAÇÃO, A CONHECER AS REGRAS PARA JOGAR FUTEBOL. AFINAL, É NESSA IDADE QUE ELAS COMEÇAM A PRATICAR O ESPORTE E SÃO INFLUENCIADAS POR PAIS, COLEGAS, PROFESSORES E TREINADORES.

QUANDO ESTAVA ATUANDO COMO ÁRBITRA-ASSISTENTE, SEMPRE ME CHAMOU ATENÇÃO AS CRIANÇAS QUE IAM AOS ESTÁDIOS OU PRATICAVAM O ESPORTE E XINGAVAM OS ÁRBITROS PORQUE VIAM ADULTOS FAZENDO O MESMO.

COM ESSE LIVRO ENCONTREI UMA FORMA DE MOSTRAR A IMPORTÂNCIA DE SE RESPEITAR AS NORMAS E O ÁRBITRO, PERMITINDO QUE ESSE PRIMEIRO CONTATO COM AS REGRAS DO FUTEBOL SEJA DE UMA MANEIRA LÚDICA, SUAVE E DIVERTIDA, TANTO PARA AS CRIANÇAS QUANTO PARA OS ADULTOS!

FERNANDA COLOMBO